JN139014

天馬のゆめ

ばん ひろこ さく
北住 ユキ え

新日本出版社

もくじ

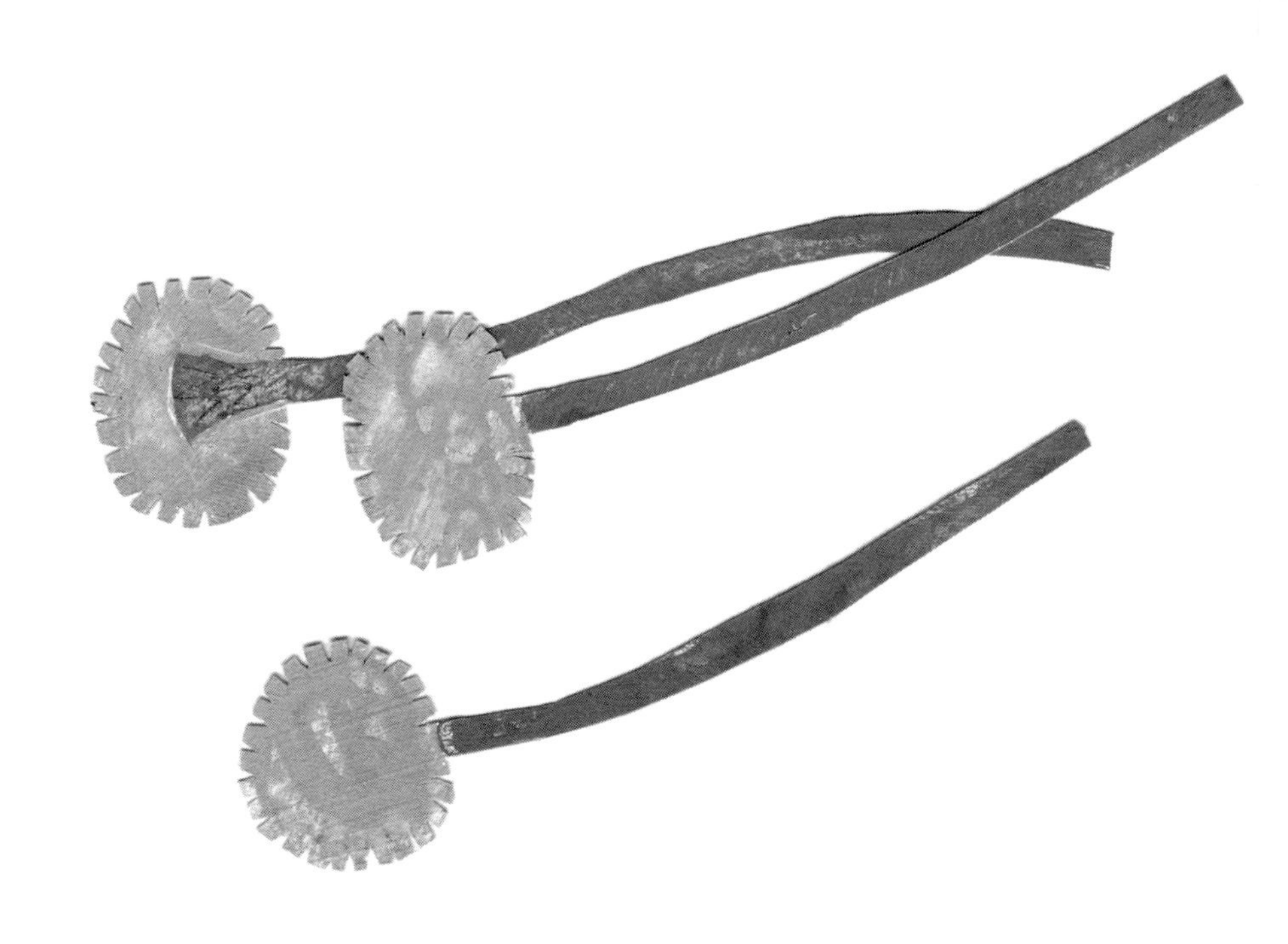

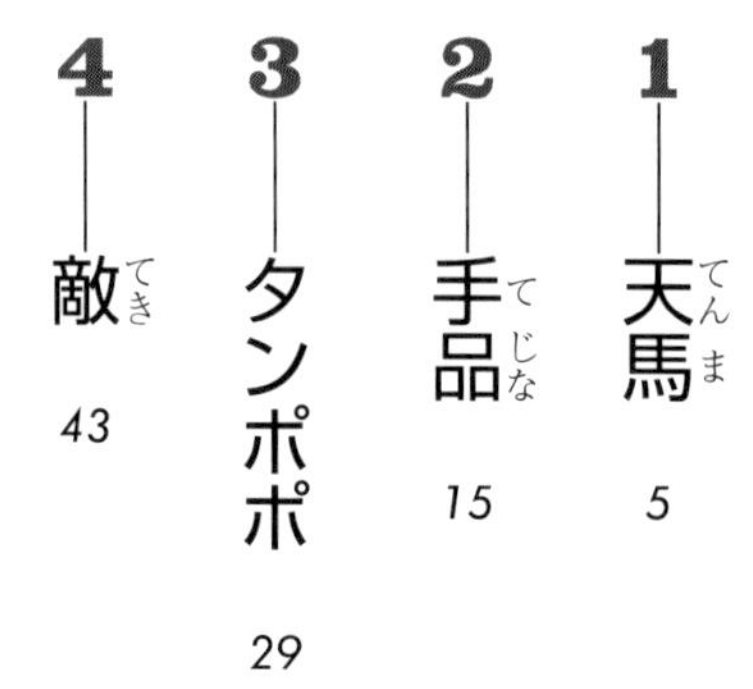

☆ばんひろこ☆

1957年、東京都生まれ。玉川学園女子短期大学保育科卒業。作品に『まいにちいちねんせい』（ポプラ社）、『団地ぜんぶがぼくのいえ』（新日本出版社）、『こわい家』『○丁目 奇妙な掲示板』（いずれも共著・偕成社）などがある。「サークル・拓」同人。

☆北住ユキ（きたずみゆき）☆

大阪生まれ。３歳で東京へ。セツ・モード・セミナー、Mイラストレーションズ卒業。装画・挿絵・絵本等を中心に活躍。子どもの本の仕事に、『せかいのはてをめざして』（フレーベル館）、『医者になりたい――夢をかなえた四人の女性』（新日本出版社）がある。

1──天馬(てんま)

少し前から、だんだん、目がさめてきました。
まるで、たまごからかえる前の、ひよこのような気持(きも)ちです。
いまにもさなぎからぬけでようとする、ちょうちょのようでもあります。
でも、ひよこよりもちょうちょよりも、もっと体は大きいのです。

いったい何になるのか、何になりたいのか、考えるとドキドキして、ぐうんとむねをもちあげたいような気がしました。

するど、なだめるように、だれかが体中のボルトを、ギュッ、ギュッ、としめてくれました。

いよいよ、目がはっきりとさめて、木製のじぶんの体が見えてきました。

体の上にも下にも、大きなつばさがついています。足元には、ふたつの車りんがあります。そして顔の前には、やはり木製のプロペラもついています。

「さあできたぞ。あとは色をぬれば、できあがりだ」

ボルトをしめてくれた人は、目をほそめると、なんどもうなずきながら、つばさのかたむき、プロペラ、計器などを確認しました。色は、あざやかなオレンジ色になりました。体の両側には、日の丸もぬられました。

動きだしたくてうずうずしていると、あごいっぱいにもしゃもしゃのひげをはやした、ぎょろっとした目の人が、乗りこんできました。

「まあ、そうあせるな」

頭の大きさのわりには、やけに小さいぼうしを、ぐい、と、まゆ毛のところまでひき下げました。

「わしは、大熊だ。おいおい、本物の熊みたいだなんていうなよ。おまえとうまくやっていけるのか、いけないのか。ちょいとお手合わせだ」

プロペラがまわりました。ぐんぐん早くなり、少しずつ、前に走りはじめました。

「すごいすごい」

プロペラの風を体いっぱいにうけながら、すすんでいきます。大熊さんが、操縦かんを手前にひきました。

「あっ」

はなさきが、上へむいて、ふわっと体がうきあがりました。

「飛んだぞっ、飛んだ！」

「そりゃそうだ。おまえは、飛行機だからな」

「飛行機だっ。ぼくは、飛行機だっ」

つばさが風にのって、体が軽くなりました。はじめて見る景色が、下の方に広がっていきます。

もっと飛びたい、もっと体を動かしたいという、飛行機の気持ちがわかるように、大熊さんは、大きく右にせん回し、それから左にせん回し、高度を上げたり下げたりしました。

「こりゃあいい。おまえは軽やかだな。よし、曲技飛行だぞ」

飛行機は、8の字にまわり、それからくるりと宙返りしました。

「ひゃっほう」

「うははは、たいしたやつだ。おまえは、赤とんぼというよりも、やんちゃな赤毛の馬のようだな。気にいった。それ、もういちど」

あたりの景色が、ぐるりと一周まわります。大熊さんがしっかり操縦かんをにぎっているので、少しもこわくありません。

つばさは上も下も、布ばりでできているので、風をしっかり受け止め、ふわりとまわることができるのです。

「ああっ、ぼくは、これになりたかったんだ。とっても空を飛びたかったんだっ」

「そうだ、おまえは、ちびだが優秀な飛行機だぞ」

地面におりてきてからも、飛行機は、もっと飛びたくて、プロペラをプルプルとゆらしました。

大熊さんは、この飛行機を、

「天馬」

と名づけました。羽がはえて、空を飛びまわる、馬のことです。飛行場には、やっぱりオレンジ色の飛行機が、何機かいましたが、ほかの飛行機はみんな、赤とんぼとよばれていました。

「天馬。おまえは、航空隊の練習生のための、練習機だ。みんなが立派な飛行機乗りになれるように、しっかりと飛んでくれよ。たのんだぞ」

「はいっ。ぼくは、たくさん飛ぶよ。空の上の方まで、どこまでも飛んでいきたいんだ」

2――手品

次の日から、練習生が、毎日のように天馬に乗りこんで、空を飛ぶ練習をしました。

練習生たちは、大熊さんにくらべると、まだずっと子どものように見えました。

ピシッと、指の先まで力をこめて立ち、おなかのそこから声を出すのです。

「はいっ、そうでありますっ」

「はいっ、もうしわけありませんでしたっ」

「はいっ。お、おなかは、少しすいているようでありますっ」

おなかがすいた練習生の返事には、天馬も、ぷっとふきだしてしまいました。

このときは、大熊さんに、

「きさま、もっとしっかりはらから声だせっ。はらがすいているのかっ」

としかられたからでした。大熊さんも、うわっはっは、と、大きな声でわらい、練習を中断してお昼ご飯にしてくれました。

天馬には、前とうしろに、ざせきがあります。うしろに大熊さんが乗って、前のせきに練習生がひとり乗ります。

天馬は、宙返りや急降下をしたくてたまりませんでしたが、大熊さんは、「まだまだ」といって、低く飛んだり、少し高く飛んだり、大きなせん回をするだけでした。

練習生とはすぐになかよくなりましたが、天馬にはひとり、気がかりな練習生がいました。

みんなから、

「ヤマ」

とよばれている練習生です。ほんとうは、

「高山」

という名まえなのですが、背が一番小さいので、

「高」

を省略して、

「ヤマ」

とよばれているのです。

　ヤマは、少し青白い顔で、操縦かんにしがみつくようにして天馬に乗っていました。空へ上がるときも、おりていくときも、こわごわと操縦をするので、いつも大熊さんにどなられていました。

そして夜になると、ひとりでそっと、天馬（てんま）のところに来ました。車輪（しゃりん）のあたりにもたれるようにしゃがんで、声を殺（ころ）して泣（な）いているのです。

天馬は、どうしてやることもできず、ただ、上官（じょうかん）たちに見つからないように、ヤマをかくしてやっていました。練習生（れんしゅうせい）とはいえ兵隊（へいたい）さんですから、めそめそ泣いていたらおこられてしまうからです。

いくばんかそういうことがつづいたある日、ヤマは、ぽつぽつと、天馬に話をするようになりました。

ふるさとにいる、家族（かぞく）の話です。

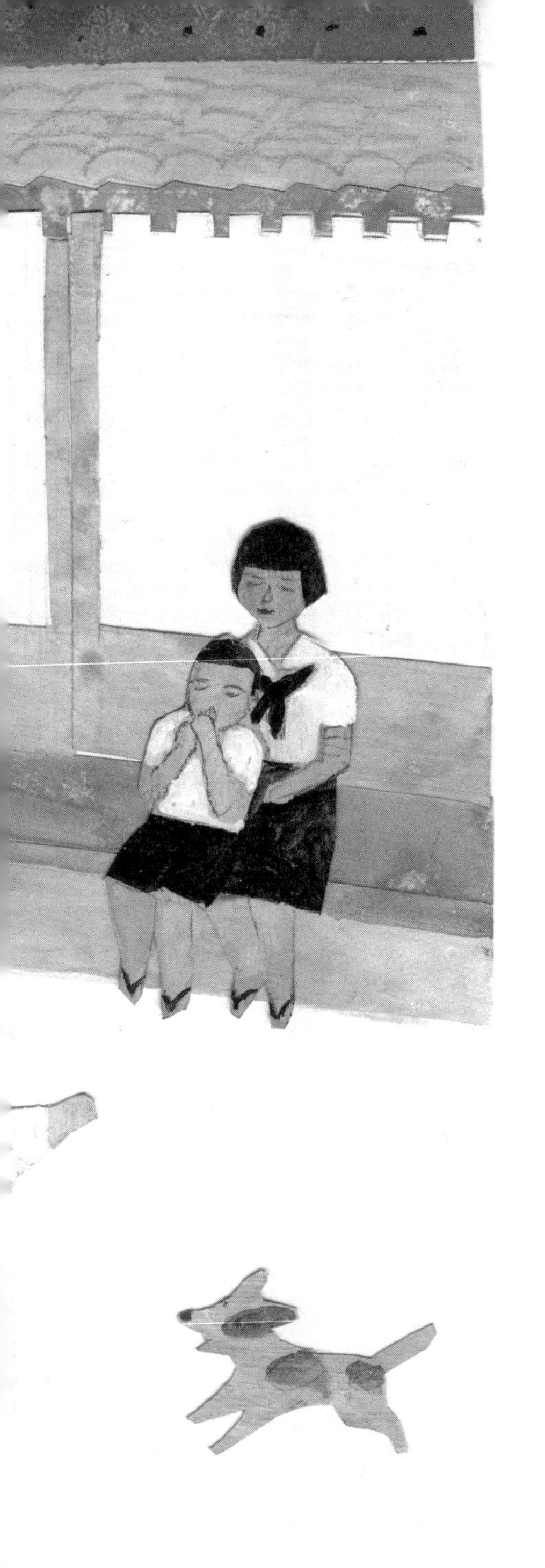

ヤマの家には、大きなびわの木があること、おいしい実（み）がなると、七人の兄弟が先をあらそってとって食べること、男ばかりの兄弟の中に、たったひとりねえさんがいて、そのねえさんがヤマにいつも昔話（むかしばなし）をしてくれたことなど、あふれてくるなみだをこらえながら、話しました。

天馬は、ああ、ヤマは、家族に会いたくて泣いているんだな、と思いました。

「いいな、ヤマは。家族がいてさ。ぼくなんて、ひとりっきりさ。ほかの赤とんぼたちとは、話をしたこともないよ」

　すると、ヤマは、少しおこったようにいいました。

「そんなことないさ。ぼくたちだって、大熊教官だって、みんな、天馬の家族みたいなもんだろ。ひとりっきりなんていうなよ」

　天馬は、にっこりわらいました。

「ああ、ぼくたちは、家族みたいなものか。じゃあ、ヤマにもいるじゃないか。この航空学校にも家族が」

ヤマは、びっくりしたように目を見開いて、それからうなずいてわらいました。

「そうだった。びわの木はないけれど、家族はここにもいるね」

次の日の夜、ヤマはまたやってきましたが、泣いたりしませんでした。

「天馬、ちょっと、これを見てくれ」

といって、かた手でひもをぶらさげて見せました。

飛行場のにもつをむすぶような、どこでも見かけるなわひもでした。短いものが五本ぐらい、かたいむすび目でつながっています。

「こんなにごろごろしていると、使いづらいからね」

ヤマは、ひもをさっと両手の中にかくすと、すぐにまた、右手でぶら下げました。

「あっ」

たったいままでの、いくつものかたいむすび目がなくなって、すっきりした一本のひもになっていました。

天馬は、ごろごろしたひもは、どこにいってしまったのだろうと、くらやみの中をきょろきょろしました。

「さあ、きれいなひもになったから、大事にしまっておこう」

ヤマは、ぼうしをぬいで、坊主頭の上に、クルクルまるめたひ

ものせました。そして、もういちどぼうしをかぶると、

「それでは失敬、おやすみなさい」

といって、ひょいとぼうしをとりました。

「ああっ」

坊主頭の上にのっていたのは、ひもではなくて、くつ下でした。

びっくりしたけれど、天馬は、頭にくつ下がのっているのがおかしくて、思わず大きな声でわらってしまいました。

「おどろいたろ。手品だよ。ぼくは、ときどき、家でも手品をやっていたんだ。ねえさんはぼくに、戦争が終わったら手品師になったらいいよ、っていっていたんだ」

ヤマは、じまんそうに、胸をはりました。

「でも、なんで、くつ下なんだい。花束とか、ハトがでてくると、かっこいいのに」

ヤマは、顔を赤くして、くつ下を胸にかかえました。

「そうなんだけどね。今は戦争中だし、ここは航空隊だろ。どこにも、花束やハトなんて、ないもんなあ」

3──タンポポ

日を重ねると、練習生は、飛行機の操縦がぐんぐんじょうずになっていきました。ときには、宙返りをしたり、急降下をしてからもう一度上がったり、地面すれすれを飛んだりもしました。

ヤマも、操縦かんを思いきってひいて、ぐうんと空に上がれるようになりました。

ヤマが乗って、うまく大きな円をえがいてせん回できたときには、
天馬は気持ちがよくなって、

「ひょおい、もっとぐるぐるいこうぜっ」

とさけびました。

「ばかもんっ、目をまわしてついらくする気かっ」

大熊さんは、どなってから、大声でわらいました。

「ヤマっ、天馬と体がひとつになったかっ」

「はいっ、天馬と、一心同体になったようでありますっ」

天馬はそれを聞くと、うれしくてなみだがでそうになりました。

プロペラをぐんぐんまわしてなみだをふきとばすと、

「大熊さん、ヤマっ、おひさまのあたりまでいきますかっ」

といいました。

「ばかもんっ。ヤマっ、降下っ」

「はいっ」

「ちぇーっ、降下かあっ」

ヤマはいつの間にか、降下もうまくできるようになっていました。

めざした場所に、天馬はガッと、車りんをおろすことができました。

ほかの練習生たちの時にも、大熊さんは、操縦かんをにぎらずに、

「ひとりでやってみろ」

ということがふえました。
でも、宙返（ちゅうがえ）りは、思いきってしないと、うまくいかないし危険（きけん）なので、ビクビクしている練習生（れんしゅうせい）には、天馬（てんま）はつい、「それっ」と、かけごえをかけてしまいました。
そして、思いきりよくきれいにぐるりとまわって、みんなをよろこばせたのです。

「こらっ、天馬が助けるんじゃないっ」

と、大熊さんにおこられましたが、天馬がじょうずにまわれば、練習生はいきおいがついて、こんどはかけ声をかけられなくても、操縦かんをうまくひくことができるようになりました。

みんなからおくれて、ようやくヤマがきれいな宙返りをきめたときには、天馬と大熊さんは、声をあわせて、

「うっひょう、やったぞおっ」

とさけびました。

そしてこんどは大熊さんが、つづけて大きく宙返りをきめました。

ヤマは、二度めの宙返りのときはびっくりして、

「うわあ、どうしちゃったんだ、とまらなくなっちゃったよおっ」

とさけびました。

「ばかもんっ、今のはおれがやったんだっ」

どなった大熊さんも、ヤマも天馬も、おなかがいたくなるほどわらいながら、しばらく大空をゆったりと飛びつづけました。

ヤマは、日焼けして健康そうな顔になり、練習が終わると、もう夜になっても、天馬のところへは姿を見せませんでした。

天馬は少しさびしくなりましたが、月を見上げてじぶんにいいきかせました。

「これでいいんだ。きっと宿舎で、なかまたちと楽しくやってるさ。ぼくは、また朝になったら会えるもんな」

ある日、訓練が終わるとすぐに、ヤマは、練習生たちをつれて天馬のところにやってきました。

「さあみなさん、ごらんください」

ヤマは、深々とおじぎをすると、天馬のはなさきを、ひょい、とこすりました。

すると、いつのまにかヤマの手には、カエルがいっぴき。

カエルは何とかにげだそうともがきます。ヤマは、どじょうすくいのように、カエルを持った手を上に下にあばれさせると、てぬぐいでひょいと、カエルを包んでしまいました。
「よしよし、静かになったな」
てぬぐいをそおっとひらくと、そこにはなんと、カエルではなく
てうまそうなまんじゅうが。
「しめた。あとでこっそり食おう」
坊主頭の上にまんじゅうをのせて、その上にぼうしをかぶせま
した。
「それでは失敬、おやすみなさい」
ひょい、とぼうしをとると、まんじゅうはきえていて、かわりに
タンポポの花が三本。

おおっ、と声があがりました。

坊主頭にタンポポをのせて、どんなもんだい、という顔をしているヤマは、いたずらこぞうのようで、天馬も練習生のみんなも、げらげらとわらってしまいました。

ヤマは、そっとタンポポを手にとると、天馬にさし出しました。

「花束というわけにはいかないけれど、これを。いままで、たいへんお世話になりました」

すると、練習生みんなが、天馬の前に整列しました。

「いままで、たいへんお世話になりましたっ」

そして、ふかぶかとおじぎをして、操縦せきの前に、タンポポをならべておいてくれました。

天馬（てんま）がびっくりして、声をつまらせていると、練習生（れんしゅうせい）のひとりがいいました。

「おい、ヤマ。おれはタンポポなんかいらないぞ。さっきのまんじゅうをよこせ」

「よし。あれ、まんじゅうがないぞ。かわりにカエルをやろう」

「なんだとっ」

ヤマは、みんなにもみくちゃにされて、宿舎に帰っていきました。天馬は、

「よかった。ちゃんと、家族みたいになかよくなれたじゃないか」

といって、ポロンとひとつ、なみだを流しました。

こうしてヤマたちは、天馬での訓練を卒業して、さらに大きな飛行機で訓練するために、ほかの飛行場へいってしまいました。

4——敵

天馬のところには、また、新しい練習生たちがやってきました。

大熊さんは、今までの練習生と同じように、きびしく、そしてていねいに、おしえました。

うっかり失敗をすると、

「ばかもんっ」

と、プロペラがふるえるほどの大きな声でしかりました。

「小さな失敗だと思っているのかっ。戦場にでれば、この失敗が、きさまやなかまの死につながるんだぞ。きさま、死にたいのかっ」

練習生も天馬も、身をちぢめました。

ほかの教官は、戦争で死ぬのはめいよなことだと教えていましたが、大熊さんは、練習生たちに、いのちを大切にしろと教えたのです。

ある日、空が夕焼けにそまったころ、航空隊に、サイレンがなりひびきました。みんなが飛行場に走り出て、空を見ています。

「きたっ」

天馬が見上げると、あかね色の空の中に、小さな小さな飛行機が三機、速いスピードで近づいてきて、かすかなごう音とともに去っていきました。

「うわあ、高いなあ」

天馬は、ためいきをつきました。

「あれほど小さく見えるんだもの、どれだけ高く飛んでいるんだろう。ぼくも、あんなところで、思いっきり宙返りしてみたいなあ」

「ばかをいうんじゃない」

大熊さんが、こわばった声でいいました。

「あれは敵の戦闘機だ。きょうはこの飛行場がねらわれなくて助かったが。いったいどこに飛んでいくんだろう」

敵、ときいても、天馬はよくわかりませんでした。きらりと光る小さな飛行機が空を切りさくように飛んでいくようすが、目に焼きついていました。よほどのスピードがでる飛行機です。どんなに気持ちがいいでしょうか。

天馬は練習機なので、軽やかには飛べますが、それほど高くも飛べないし、長い飛行距離を飛ぶこともできないのです。

大熊さんからは、ばかをいうんじゃないといわれましたが、天馬は、いつかあんな飛行機になってとおくにいきたいと、夜空を見上げて思いました。

つぎの日、天馬は、整備場につれていかれました。大熊さんもやってきて、腕組みをして、じっと天馬を見ています。

天馬の座席は、うしろと前にふたつありましたが、大きな工具を持った人がやってきて、うしろの座席の計器などを、取りはずしてしまいました。そしてかわりに、大きなドラム缶がとりつけられました。

（な、なんで？　これじゃあ、ひとりしかのれないよ。練習生が、ひとりで訓練するのかな？）

大熊さんは、ため息をつきました。

「こんな練習機まで、戦争に使われるなんてな。いよいよ日本は、あぶなくなってきたのかな」

「大熊教官！」

工具を持った人は、顔色を変えました。

「そんなことを聞かれたら、教官は大変なバツをくらいますよ」

「かまわん。おれは、練習生を死なせるために、訓練をしていたわけじゃないんだ。くやしくて、たまらないよ」

工具を持った人が、首をふりながらいってしまうと、大熊さんは、くらい緑色のペンキを持ってきて、天馬の美しいオレンジ色の機体に、ぬりはじめました。

「いやだよ、こんな色。どうしてぬりかえちゃうの？」

大熊さんは、ハケでていねいにぬりながら、本物のクマのように、ううう、とうなりました。

「天馬、すまない。おまえは、ほんとうによくやってくれた。いい飛行機だったよ」

声をつまらせて、それからなおも、ぐいぐいぬりました。

「オレンジ色では、目立ちすぎるんだ。敵にすぐ見つかって、うちおとされてしまうからな。おまえはこれから、遠くの飛行場にいって、お国のためにたたかうんだぞ。さあ、できあがりだ。たのんだぞ。これでおわかれだ」

「遠くにいくの？　ほんと？」

天馬の心はおどりました。遠く高く、飛べる日がきたのかもしれません。そんなことなら、このへんな色も、がまんできます。

「やったあ。ぼく、いってくるよ。でもきっと帰ってくるからね。大熊さん、待っててね」

大熊さんは、また、クマのようにうなりました。げんこつで顔をぐいぐいこすると、ほっぺたに緑色のペンキがつきました。大熊さんは、小さなぼうしを下げて、赤くなった目をかくしました。そして、くるりとうしろをむいて、いってしまいました。

いよいよ出発する日がきました。ひとつきりになった座席には、

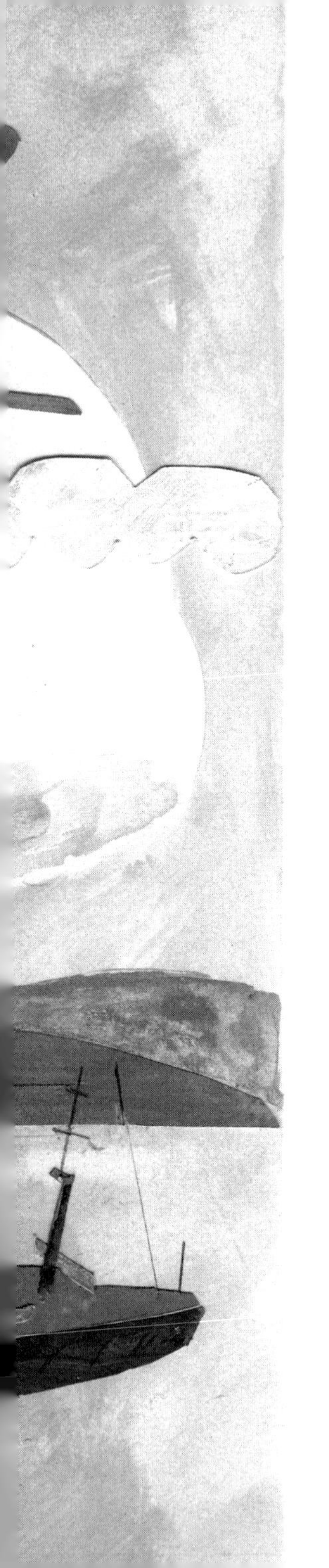

飛行機の整備もできるパイロットが乗りこみました。天馬は、ワクワクしながら飛びたちました。

とちゅう、高い山をよこに見ながら飛びました。軍艦がとまっている港もとおりました。焼けこげてまっ黒になった町の上も飛びました。

なにもかも、天馬にはびっくりするものでした。

なんどか燃料をいれながら、ようやく新しい飛行場につきました。

飛行場には、天馬と同じように暗い緑色にぬられた飛行機が何機もありました。となりにいた飛行機は、つばさにたくさんのあながあいて、体もきずだらけでした。

「きみ、いったい、どうしたの」

天馬がきくと、となりの飛行機は、ふるえる声でいいました。

「ここにくるまでに、敵の飛行機に、やられたんだ。すごくこわかったよ」

「敵？」

天馬は、あの、空高く飛ぶ三機の飛行機を思いだしました。

「なんとかついらくしないでここまで来たけれど。ぼくもパイロットも、もう少しで死ぬところだったよ」

「死ぬだって？」

大熊さんはよく、練習生たちに、

「きさま、死にたいのかっ」

とおこっていました。死ぬということは、こんな風に傷だらけになって、あなだらけになって、ふるえるような思いをすることなのでしょうか。天馬はきゅうにこわくなって、大熊さんのいる航空学校に帰りたくなりました。

「ばかだなあ。死ぬことをこわがっていたら、戦争なんかできないよ」

反対側にいた、天馬より大きな飛行機がいいました。

「おちびさんたち。体もプロペラも、木でできているのかい。なあんだ。つばさなんか、布っぺらかい。そんなので、どうやって戦うんだい。たよりねえなあ。おれは、合金製さ。こんど、おれのかっこいいきりもみ降下を見せてやるよ」

天馬は、きゅうに自分がちっぽけで、つまらない飛行機に思えました。あしたからの訓練、ということを考えると、ぶるぶるふるえてくるようでした。

5──特攻

つぎの日、航空学校からいっしょに飛んできたパイロットは、天馬の点検をていねいにすると、

「それでは、りっぱなはたらきをしてください。さようなら」

といって、帰ってしまいました。天馬は、こころぼそくて、泣きたくなりました。新しいパイロットが飛行帽をしっかりとかぶってや

ってきた時にも、なみだをこらえて、じめんを見つめていました。

新しいパイロットは、天馬のよこで立ちどまると、しばらく、ぼおっとしていました。それから、天馬の体にふれて、そっとなでてから、ゆめでも見ているような声でいいました。

「天馬？　天馬なのか？」

天馬はおどろいて、パイロットを見ました。飛行服に身をつつんだ、りっぱな青年がたっています。

「ヤ……マ？　ヤマなのっ？」

パイロットは、顔をくずしてわらいました。なつかしい、ヤマの笑顔でした。

「ああ、びっくりした。手品でも見ているような気分だ。こんなところに天馬がいるなんて」

「ぼくだって、手品を見ている気分だよ。こんなところにヤマがいるなんて」

「ああ、そうか、じゃあ」

ヤマは、天馬の体に、両手をひろげてだきつき、かおをくっつけました。

「じゃあおれは、天馬といくんだね。ああ、天馬といけるんだ」

「いくってどこに？」

「聞いてないのかい。おれは、特攻隊員だ。天馬といっしょに、敵の中に飛びこんでいくんだ」

「敵の中に飛びこむ？」

意味はよくわかりませんでしたが、敵と聞いて、天馬はぶるっとふるえました。

「そう。天馬といけるんなら、少しもひとりぼっちじゃないな。こころづよいよ」

天馬は、はっとしました。

「でもヤマ、ぼくでいいのかい。ぼくはちびだし、木や布でできてるし。……その、合金でできていなくてたよりないよ」

ヤマは、おかしそうにわらいました。

「そうだね。あれからぼくが乗っていた飛行機にくらべると、天馬はちびで、そうとうぼろっちいな。でも天馬、おまえは軽やかで、乗っていて、一番楽しい飛行機だったよ」

天馬の胸は、うれしい気持ちでいっぱいになりました。よおし、たくさん宙返りをして、ヤマを楽しませてやるぞ。そう思うと、天馬のプロペラはもう、フルフルとまわりたくなってくるのでした。

ところが、ここでの訓練は、少しも楽しいものではありませんでした。

うしろの計器を取りはずしてつけたドラム缶の中には、水をたっぷり入れられました。重たい体で、がんばって急上昇して、それから急降下する訓練ばかりを、まいにちくりかえしました。

合金製の大きな飛行機も、うんざりした顔で、おなじ訓練をくりかえしていました。

「ああつまらない。いったいいつ、くるんと宙返りできるんだい」

天馬がいうと、ヤマは、おこったような顔で首をふりました。

「おれたちは、敵の船につっこんでいくんだよ。ねらった場所にうまくつっこむのは、とてもむずかしいんだ。しっかり練習しなくてはいけないから、宙返りなんてしているばあいじゃないだろ」

「敵の船につっこむって？」

天馬はおどろきました。

「むりむり。そんなことをしたら、ヤマもぼくも、死んじゃうよ。敵だって、死んじゃうじゃないか」

「あたりまえだ。おれたちは、日本が戦争に勝つために、命をかけて敵をやっつけるんだ。なんとしても成功しなくてはな。うまくつっこめれば、たくさんの敵をやっつけることができるんだよ」

「だって、死んじゃったら、手品師になれないよ」

「手品師か」

ヤマは、少しわらいました。

「そうだな。なつかしいな。そんなことを考えていたっけ」

天馬の頭に、まだ見たことのない、びわの木のある家がうかびました。

きっと、ヤマも、同じことを思っているにちがいありません。操縦かんをにぎる手に力が入りました。

「天馬、おれたちは、日本のために死ぬんだ。手品師よりもりっぱなことだよ」

「そんな、ヤマ……」

訓練を終えると、ヤマは、ピシッとのばした指で、天馬に敬礼をして、「あしたもたのむよ」といいました。

6——星空

ところがそのあしたになると、訓練はありませんでした。ヤマに、出撃命令がでたのです。いよいよ、特攻に出発するのです。

天馬は、いつもより念入りに整備され、後ろのドラム缶の中には、アルコール燃料がたっぷり入れられました。

「おいおい、帰り道はないのに、どうしてそんなに燃料を入れるんだい」

整備を手伝っていた人が聞くと、整備士がいいました。

「これは、爆弾のかわりだ。燃料でも、敵につっこめば、りっぱな爆弾になるんだよ」

そして、おなかの下に、なにかとても重いものがくくりつけられました。

「さあ、そして、これがほんものの爆弾だ。燃料も爆弾も、貴重なものだからな。むだにしないように、りっぱにやくめをはたしてもらわないとな」

爆弾ときいて、天馬はふるえがとまらなくなりました。

（やくめをはたすだって？）

ヤマは、敵の船につっこんで、日本のために死ぬんだといっていました。この爆弾で、船もろとも爆発して死ぬのでしょうか。

そうすれば、もちろん天馬だって、いっしょに爆発してしまいます。そしてもちろん、つっこんだ船も。

みんなが爆発して死ぬことが、日本のためになるということが、天馬にはよくわかりませんでした。ただただ、考えると体のふるえがとまらないのです。

ヤマは、大勢の人に見送られて、天馬に乗りこみました。

「たのんだぞっ」

なかまにいわれて、ヤマは何か答えようと、口を開けましたが、声がでてきませんでした。だまって、ピシッと敬礼をしました。

エンジンがかかって、走りだす時、天馬は不安でいっぱいでした。体が重くて、飛び上がれず落ちたら、おなかにくくりつけた爆弾が爆発します。敵の船につく前に、天馬もヤマも、一しゅんでふっとんでしまうでしょう。

ヤマが操縦かんをひくと、天馬はうまくうかび上がれるよう、ひっしで機首を上げました。しりもちをつかないように、なんとか体をうかせました。

風に乗(の)ってからも、重(おも)たい体は高く上がれず、低空(ていくう)をのろのろと飛(と)んでいきました。

ヤマは操縦(そうじゅう)かんをにぎったまま、なにか、ぶつぶつとつぶやいていました。

天馬(てんま)が耳をすませると、

「かあさん、見ていてください。とうさん、見ていてください。ねえさん、見ていてください。にいさん、見ていてください」

「ヤマ、ヤマ」

「ああ、天馬」

「だいじょうぶかい」

「ああ、だいじょうぶだ」

天馬は、ほっとしました。ヤマをよろこばせるために、ひとつ宙返りでもしたいところでしたが、重くて、ゆるゆる飛ぶのがやっとです。

「ヤマ、わかったよ。爆弾たくさん積んでいるけど、ぼくとヤマも、爆弾なんだね。ぼくたちがみんないっしょに爆発すれば、敵の船がしずむんだね」

「そうだ天馬、たのむぞ。ねらうは、敵の甲板だ。できるだけどまんなかで爆発して、まっぷたつにしてやるんだ」

「うん。わかった。でもヤマ、敵って何だろう。なんでしずめないといけないいんだろう？」

「ええっ？」

ヤマは、びっくりしたようにいいました。

「なんだよ、いまさら。敵の船から、ものすごい数の飛行機が飛んでくるんだぞ。天馬も見ただろう。町がまっ黒な焼け野原になっていただろう。そしてあいつらは、おれの、にいさんも、にいさんも……。ゆるしておけない。敵は、悪いやつなんだ」

「ああ、そうだったのか。それで、敵はどんな顔をしてるんだ？なまえはなんていうの？」

「やめろよっ」

ヤマは、泣(な)きさけぶような声をあげました。

「敵(てき)のなまえだなんてっ。顔だなんてっ。みんな、オニのようなやつらなんだ。そうにきまってる。やっつけなければ、こっちがやられるんだぞっ」

「ああ、そうか。ごめん」

「いいか。訓練(くんれん)どおりにやれば、うまくいく。爆弾(ばくだん)の重みと、急(きゅう)降下(こうか)の力で、しっかりつっこめばいいんだ」

「うん」

「それがおれの、だいじなやくめだろ。おれの命(いのち)は、日本の国にささげるんだ」

「うん」

天馬は泣きだしたい気持ちでした。高い空を飛んでいた飛行機、なかまのつばさをあなだらけにした飛行機、これからつっこむ船。どれを考えても、姿も声もうかんでこないのです。ぜんぜん知らない人たちと、天馬とヤマは、いっしょに爆発して死ぬのでしょうか。

にくむこともできないまま、どうして敵につっこまなければいけないのか、天馬にはよくわかりませんでした。

「そんなことを考えなくてもいいんだよ、天馬。ただ、しっかりにんむをおわらせて、戦争に勝つことだけを考えるんだ」

「うん」

めざす敵に出会えないまま、天馬はゆるゆると飛びつづけました。

日がくれて、あたりは真っ暗です。

気がつけば、満天の星空です。

「ヤマ、見てごらん、星がきれいだ」

「エッ、ああ、本当だ。少しも気がつかなかった」

「ヤマ、手品であの星をひとつ、ぼうしの中にいれてよ」

「ええっ?」

ヤマは、ようやくわらいました。

「ばかだなあ、天馬。しかけがなければ、手品なんてできないよ」

「しかけだって？」

「そうさ。ちゃあんと、うまくだませるようにじゅんびしておくのさ」

「なんだ。そんなのずるじゃないか」

「ずるじゃあないよ。うまくだませれば、やる人も、見てる人も、楽しい気持ちになれるんだ。ああ、やっぱり、おれは、手品師になりたかったなあ。すごい手品ができるようになって、天馬をよろこばせたかったよ」

「なろうよ。手品師に。敵の船になんかいかないで、帰ろう」

「なにいってるんだ。それじゃあ、おれはみんなのわらいものだ。

一生、弱虫っていわれてしまう。でっかい敵の船をみごとにしずめてみろ。英雄だぞ。おれが死んだって、みんなはたをふって、よくやった、おまえのおかげで勝った、と、よろこんでくれるんだ」

天馬は、ああ、と、つぶやきました。

そして、弱虫でもいいから、この重たい爆弾を、敵もだれもいない、海の中に落としてしまおうと思いました。

軽やかに高い空に飛んでいって、なんどもなんども宙返りするのです。

それから地球をぐるっとひとまわりして、世界中をながめながら、日本の、びわの木があるヤマのうちへ帰るのです。天馬が着陸すると、家からたくさんの家族が走り出てむかえます。

ヤマは天馬からおりると、上品なおじぎをしながら、ぼうしをとります。

すると、たくさんのちょうちょがはたはたと大空にはばたいていって、家族はうわあっと、びっくりするのです。

だけど爆弾は、天馬の体にしっかりとくくりつけられているので、どうにも落とすことはできません。

「ねえ、ヤマ、どうしたらこの爆弾を、」

そのときでした。やみの中から突然生まれたようなごう音がして、ババババ、と、頭をなぐられるような音がふってきました。

「敵機っ」

ヤマがさけびました。天馬は、のこっている力をふりしぼって、ひらりと体をかわしました。

くらやみの中で、あかりをおとした敵の船にいつの間にか近づいていることに、気がつかなかったのです。

敵も、天馬があまりにも低くゆっくり飛んでいたので、レーダーでつかまえることができず、あわてて攻撃してきたのです。ふたたび近づいてきた飛行機を、天馬は見上げました。

「これが敵かっ」

おそろしさにはねをふるわせながら見上げて、あっ、と思いました。船からてらされるあかりで、いっしゅん敵の飛行機が見えたのです。

敵も、くらやみにまぎれてひらりひらりと飛ぶ天馬を、こわくてたまらない、という顔で見ていました。さけぶような金属音をあげながら、ふたたび、ババババババ、と、機関銃をうってきます。

「あっ」

天馬のつばさにあながあきました。それでも、天馬は機関銃をかわしながら、船に近づきました。つばさが布なので、あながあいても飛びつづけることができるのです。

「ヤマ、船だ。どうする」

「あ、ああ、つっこまなければ。勝つんだっ。つっこめっ。つっこめっ」

「でも、こわいよ」

「こわいだと？　きさま、それでも、日本の飛行機かっ。弱虫め、さあいくぞっ」

ヤマは、操縦かんをにぎりしめました。

「いくぞ……。ああ、でも、こわいよ天馬。おれはやっぱり、手品師になりたかったよ。おねえちゃん。おかあさん、おかあさん……」

「ヤマ！」

なんども練習した通り、天馬とヤマは船にむかって急降下しました。でも、天馬は気がつきました。天馬は、船からわずかにそれて、大きな岩に向かっていきます。つばさが布でできた練習機では、わずかな風も受けてしまうのです。重たい爆弾を積んでいても、あおられて、船から離れていきます。天馬は最後の力をふりしぼってはなさきを船のほうにむけましたが、まにあいませんでした。

「ああ、ヤマ！　どうして！」

天馬はヤマをしっかりとだいて、まっ黒い岩の上に落ちていきました。そして、かけらもないくらい粉々になって、深い海にしずみました。

7——ゆめ

そしてまもなく、日本は戦争に負けました。

飛行機も爆弾も、機関銃のたまも落ちてこなくなった、暗いしずかな海の底で、天馬の最後の思いは、消えないままうずまいていました。

なんでだろう。どうしてだろう。

なんでヤマとぼくは、爆弾をかかえて死ななければいけなかったんだろう。軽やかなつばさで、高く高く、空を飛びたかったのに。かなわなかった天馬のゆめは、うずまきながら、ふくらんでいきました。

くやしい思いや、悲しい思いは、海の水を切りさいて、まっすぐのぼっていくのです。水面から高く空まで上がって、ドーンと大きな音をたてます。

それは爆弾ではなくて、空いっぱいに大きく開く、花火でした。

花火は、いくつもいくつも、海のあちらからも、こちらからも上がって、つぎつぎに夜空をそめていきました。

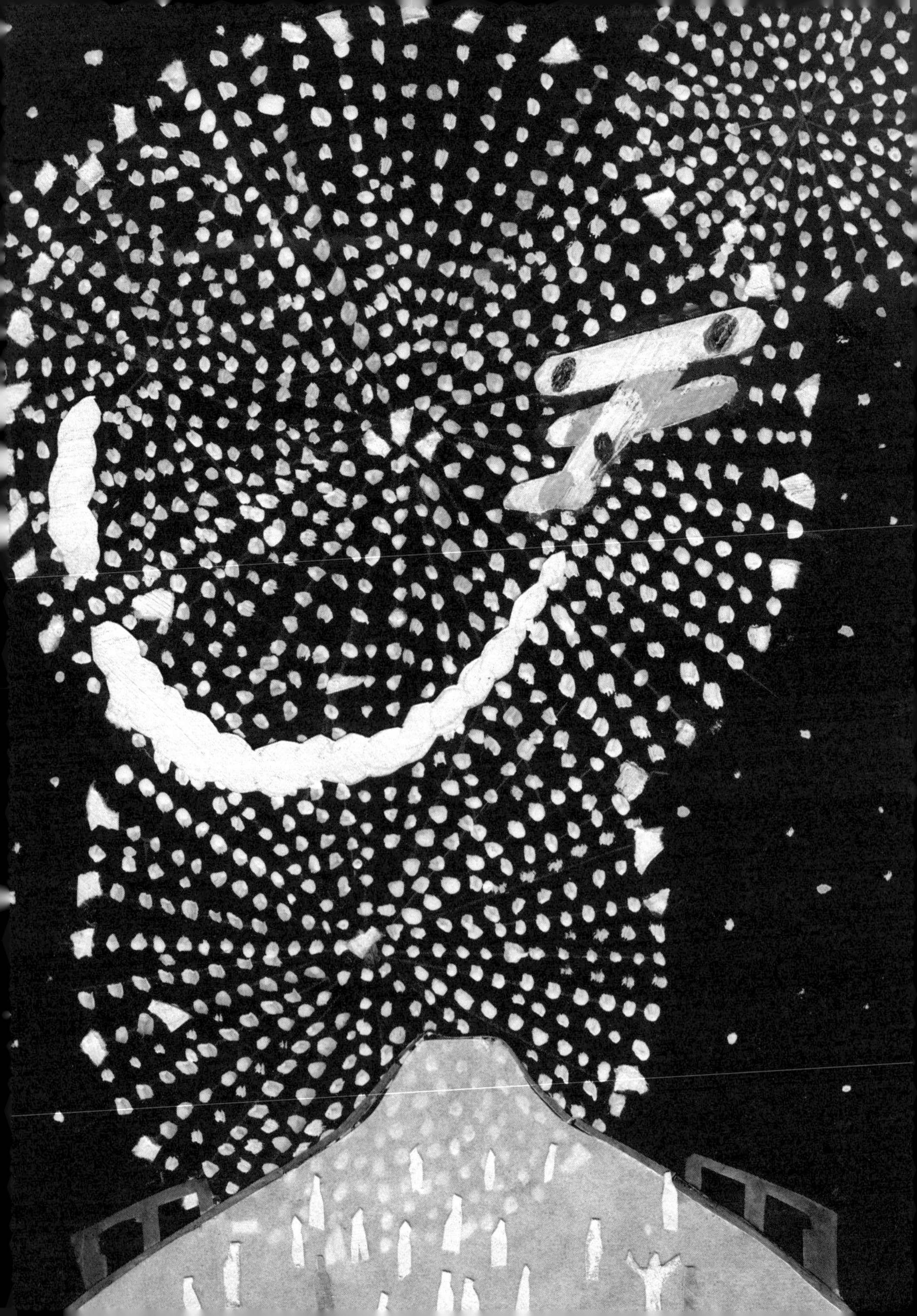

いつのまにか集まってきた船の甲板で、日本の人たちも、敵の人たちも、花火を見上げています。

天馬はヤマをのせて飛びたちました。機体は明るいオレンジ色です。

そして、美しい花火の光の中で、大きく、なんどもなんども宙返りをしました。ひゃっほう、と、ヤマがさけびます。

船の上の人たちは、日本人も敵の人もみんな、手をたたいてかんせいをあげました。

ヤマが手をふると、天馬は一度ゆったりとせん回し、それから、びわの木がある、ヤマの家に飛んでいくのです。

「天馬、見えるかい。あれだ。あれがぼくの家だ。びわの木と、しだれざくらと、あっ、ねえさんだ。おおい、ねえさあん」

ヤマがのりだして手をふるので、天馬は、おちないように、少し機体をかたむけました。

「ねえさん、あっ、かあさんっ」

家の中からは、つぎつぎに人が走りだして、おでこに手をあてて天馬とヤマを見上げました。

「いくぞ、天馬。とびきり大きな宙返りだ。それっ」

もちろんだよ、ヤマ。もちろん。

それはもう、とろけてしまいそうな、幸せなゆめでした。

暗い海の底にしずんだまま、天馬の思いはたゆたゆとゆれながら、空に巨大な円をえがくのでした。

参考文献

『青春の赤トンボ　ある少年飛行兵の回想』松橋制雄著（銀河書房）
『特攻とは何か』森史朗著（文春新書）
『君死に給ふことなかれ　神風特攻龍虎隊』古川薫著（幻冬舎）
『図解　特攻のすべて』近現代史編纂会編（山川出版社）
『決定版写真記録　沖縄戦』大田昌秀編（高文研）
『特攻隊員たちへの鎮魂歌』神坂次郎著（ＰＨＰ研究所）
『特攻へのレクイエム』工藤雪枝著（中央公論新社）
『世界の傑作機No.44　９３式中間練習機』（文林堂）

天馬（てんま）のゆめ

2016年８月15日　初　版　　NDC913 94P 21cm
2018年４月20日　第２刷

作　者　ばんひろこ　　画　家　北住ユキ
発行者　田所　稔
発行所　株式会社 新日本出版社

〒151-0051　東京都渋谷区千駄ヶ谷4-25-6
電話　営業 03（3423）8402／編集 03（3423）9323
info@shinnihon-net.co.jp
www.shinnihon-net.co.jp

振替　00130-0-13681
印　刷　光陽メディア　　製　本　小高製本

落丁・乱丁がありましたらおとりかえいたします。

ISBN978-4-406-06052-3　C8093　Printed in Japan